포의 일족

하기오 모토
萩尾望都

정은서 옮김

3

 세미콜론

목 차

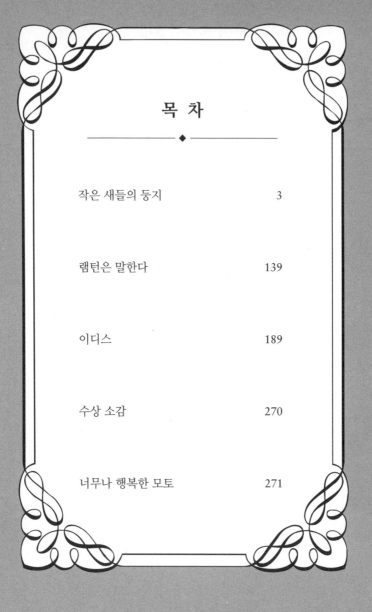

전교생 182명의 기숙사제 학교라는 교육의 장이 되었다.

약 150년 전에 가브리엘 스위스 폰 펠스할름이라는 영주가 세운 성이지만 현재는 여기저기 수리하여

모래톱 위에 세워진 그곳은… 마치 교회의 탑을 뱃머리로 삼아 파도를 헤치고 나아가려는 배처럼 보였다.

끝나 가는데….

빨리 와봐! 영국에서 전학생이 왔대! 둘이나! 다리를 건너서!

킬리언, 킬리언, 킬리언!

그런 것은 당장 눈앞의 학교생활과는 상관없었다. …3월이 거의 끝나갈 무렵.

민족 간 국지전이나 핵 위기를 우려하는 목소리도 들려왔지만

1959년 우리가 세상에 대해서 있는 흐루쇼프나 아이젠 아데나워가 두 것들이었

파다닥

맞아, 그거야. 인상적이야!

인상석 이라고 할까…

조금 그러니까… 뭐랄까?

사촌지간이라던데, 로맨스 영화의 아역처럼 생겼어.

나도 들었어. 테오는?

반장은 자습실에 있어. 전학생도.

들었어?! 우리랑 같은 4학년이래, 킬리언!

왜 이리 호들갑이야?

What a labber-mouth!

*얼. 세월이 조잘대는군!

앨런.

시간표는 나중에 베껴 가라.

속옷이랑 셔츠는 침실 서랍장에. 수건은 따로 지급될 거야.

여어, 킬리언.

학교 교칙은 반드시 지키도록 해!

위험한 물건을 반입하거나… 야야, 이봐! 서랍에 잉크를 넣으면 안 돼!

야아.

작은 새들의
둥지

안녕하세요,
선생님.

안녕
하세요.

아,
킬리언!

안녕.

그 머리!
기르는 건가?
당장 자르지 못해!

자를게요.
국경이
사라지면요.

어이,
구두끈도
묶을 줄 모르는
앨런!

예배 시간에
둘이 나란히
지각한 이유가
뭔가?

끈?

똑똑히
말하지
못하겠어,
응?

끈이….

앨런
구두끈
묶
못하
바람
늦었습니

11

아직 해결되지 않았고.

여기까지 온 용건도

그래, 학교에서는 즐겁게 생활하는 편이 좋으니까.

흐응, 앨런의 생떼는 뭐든지 다 들어주는 줄 알았는데 그건 아닌가 보네.

맞아.

?

...

너희들 영국 어디서 왔어?

앨런.

거의 온 영국을 여행했지.

너희들 에든버러에서 살았어?

누나가 보내준 그림엽서를 나중에 보여줄게. 거긴 아주 아름다운 도시더라.

... 흐응.

우리 누나가 결혼해서 영국의 에든버러에 살아.

우와, 그럼 런던이나 플리머스는?

알아. 나도 가본 적이 있어.

앞뒤가
꽉 막혀서
밥맛이야.

테오
나리다.

뭣들
하는 거야?
수업
시작한다!

댄스?

설록
홈즈가
사는
베이커
가도
실제로
있니?

그런 짓을
하는 건
관광객
뿐이야.

궁전의
근위병이랑
사진도
찍었어?

런던에는
꽤 오래
있었어

우훗.

기분은
풀렸어?

물론
이지.

그렇게
여행만 했다
공부는 언제 했고

댄스는
좀 하나?

킬리언
브룬스비크를
조심해.

지독한
참견꾼이야.
어제부터 우리를
계속 관찰하고
있더군.

14

16

그건 뭐야?

...

장미향?

그리고 넌더리가 날 정도로 꽃 장식을 만들어야 하지.

제일 먼저 댄스 레슨부터 시작해. 우엑~

마셔 볼래?

향료야.

주류는 반입 금지야.

...호기심이 왕성하군. 킬리언이란 녀석은.

콩

어디.

맞아!
그때는 묵직한
검은 망토를
뒤집어쓰고

그런
진귀한 것을
불러내는 건
창립제 때나
해야지!

이렇게
주문을
읊는 거야!

마법 약이
아닌가.

왜
이런 걸
마셔.

설탕 대신
시나몬을
퍼부은 것
같은 맛이다.

안 돼, 안 돼!
악마를
불러내기에는
아직 일러, 테오!

스푸트니크
인공위성이
발사되는
시대에
무슨…!

마법이라고?
악마라고!

단순한…
장미
에센스다.

이건
마법 약이
아니야.

돌려줘.

뭐라고…?
과학, 과학
노래를 불러도
세상에는…!

18

옛날에는 훨씬 더 많은 것들을 알고 있었다.

예를 들면 저 행복한 부인이나 은발 머리 소녀, 작은 로빈.

이러고 있으면 시간은 되돌아가는 듯한데, 모두 어디로 가버렸을까? 왜 지금 여기에 없는 것일까?

이상도 하지. 아무리 찾아도 나오질 않아….

그 시계가 없으면 5분 전에 수업을 끝낼 수 없다.

금으로 도금한 뚜껑 달린 시계다. 결혼하면서부터 계속 가지고 다녔던 물건이야.

누가 내 시계 못 봤나?

24

테오,
선생님께서
그러라고
시키셨어?

검사라고?

응?

뭐라고?
이 바쁜
때에…!

아니야!
이 검사는
어디까지나
자주적인
거야.
모두의 협조를
부탁해.

테오…
잠깐.

협조?

벌떡

선생님께서 시계를
잃어버리셨다고
했을 뿐이야.

난
그저

바보
같아

지금
농담하는 거야?!
우리들 중에
도둑이 있다고
말하는 거냐?

전학생은
막 와서
모르잖아.

웃기지 마!
누가 훔쳤는데?
우린 모두 선생님께서
그 시계를 얼마나 아끼시는지
잘 알고 있다고!

26

이 시대에…

…………

예.

그렇면!

제국주의가 초래한 식민지 쟁탈전은 지금 설명한 대로다.

…테오!

Guter Mora, Abendvolker ruzig und ich ü Dr dr deiner

따 ~ 앙

따 닥

그게 뭔가?

테오 얼굴이 멍든 이유를 알고 있기 때문입니다.

앨런 트와일라잇, 뭐가 그렇게 우습지?!

킬리언 브룬스비크가 때렸습니다.

왜? 선생님의 질문에 답해드렸을 뿐이야.

이봐! 고자질을 하다니 너 악질이구나!

알았다. 둘 다 나중에 내 방으로 와라.

………

작은
둥지….

모래톱
위의
학교….

누가 비누를 썼구나.

비눗
방울?

반짝

뭘 보는
거야?!

뽀옹

네 주장은
이상론에
불과해.

그건
그 녀석 본인의
양심 문제야!

너 정말 그렇게
믿고 있는 거야?
아무도 시계를
감추지 않았다고?

나야 원래 좀
다혈질이니까
말이지.

선생님께
야단
맞았어?

자업
자득
이지.

…누군가가
…모든 사람
앞에서
…발가벗겨진다고.

그러면 범인은
학교에
머물 수 없게
되잖아.

…제길!
그로프 선생님,
서랍 안에라도
처박아둔 뒤
잊으신 거라면
좋으련만.

처음에는
단순히
호기심 많은
참견꾼이라고
생각했는데

너는…
재미있는
생각을
하는구나.

왜 그렇게
남의
걱정을
하지?

어차피
난
참견꾼
이거든.

머리카락
탓이야.

머리
카락?

…모두 다
사이좋게
지내고 싶어.
그렇잖아?

아아, 모래톱의 북쪽 일대는 늪지야.

저쪽은?

강이 지하로 흘러들어가니까 좋아!

가까이 가지 않는 편이

빠지면 끝장이야.

뭐야…? 이 치사한 놈!

나가, 나가라고!

깜짝

다시는 얼씬도 하지 마. 다음에 오면 선생님께 고자질할 테니까!

오….

그게 6학년 상급생에게…

이봐.

31

난 당신이 사랑한다는 로절린드 아가씨 흉내를 낼게요. 그리고 애인을 손끝으로 조종하려는 변덕스런 귀부인들처럼 기묘하게 행동할게요.

상사병이라고요? 그렇다면 나를 상대로 사랑 고백을 연습해보지 그래요?

그러다 보면 당신도 연애만큼 어리석은 행위는 없다는 사실을 깨닫게 되겠지요.

바로 이 대목이야. 셰익스피어의 「뜻대로 하세요」 에서….

로절린드가 양치기로 변장했단 사실을 꿈에도 모르는 올란드가 그녀를 사랑 고백 연습의 상대로 삼는다는 점이 재미있잖아.

사자는 어쩔 거야? 사자랑 뱀.

왜 「맥베스」가 아닌 거지? 마녀가 세 명이나 나오는데.

내가 고른 연극에 뭔가 불만이라도 있어?

그런 귀찮은 역할을 누구더러 하라고?

테오

사자는 필요 없어! 무대는 양치기의 오두막만 있으면…!

조용해…!

38

이건 작년에
흰가룻병에
걸려서…

틀렸어.
완전히 말라버렸어.
전부 어젯밤에
꺾은 것 같아.

다섯 송이…
전부…?!

우와…

이거
너무하다!

…누가?

마티
어스…

모르겠어.
왜 이런 짓을
했는지!

연약한
장미를…
도대체
누가…?!

올해 겨우…!
봉오리가
맺히고…
피기
시작했는데…!

창문을 닦고
잡초를 뽑고

입학 당시에는
황폐했던
이곳은

마티어스
혼자서
열심히
손질해서…

온실로
돌아가!

도대체
누가…

아!

40

위험해…!

우박이 섞여 있어!

혹시 온실이 통째로 무너지는 건 아니겠지…!

천둥이…!

이러다 모두 한꺼번에 죽기라도 하면 마의 5월이 재현되는 셈이겠군…!

아, 그리고 보니 꺾인 장미도 다섯 송이잖아…!! 5월과 같은 숫자야!

마의 5월?

그게… 누군데?

로빈 카?

그만둬! 말도 안 돼!

이거 진짜로 로빈 카의 유령이 한 짓일지도…!

유령이라고…?

또 누군가가 죽을 거야.

의외로
시계를 훔친 사람이 너
인 건 아냐?
킬리언 브룬스…

그리고
골목대장은
학교생활을
만끽
하려고?

그로프 선생님의
시계 건은
눈을 감은 주제에
장미 도둑은 끝까지
쫓는구나…

조금 전까지 다 같이
온실에 있었어.
긁힌 상처 한두 개쯤이야
생길 수도 있지!

네 손을
다시 한 번
보여줘!

앨런!
이쪽을
봐라!

실수했다.
까맣게 잊고
있었어.

덥ㅡ녀

!!

으악…
그만해!
그만해!
그만…!

테오를
막아!

킬리언,
킬리!

킬리언,
그만둬!

와

우

당

탕

46

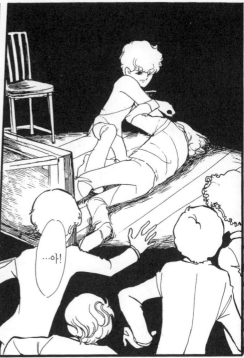

…아!

킬리언!

킬리언!

당분간 눈을 뜨지 못할 거야. 빈혈을 일으켜서.

의무실로 데려가는 편이 좋겠어.

…너무해!

…캄캄….

이상하게 갑자기….

…손이 가볍게…. 에드의 손.

목에….

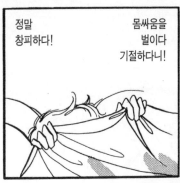

정말
창피하다!

몸싸움을
벌이다
기절하다니!

이게 무슨
꼴이람!

미안해, 킬리….
고작 장미를 가지고
내가 너무
호들갑을 떨었어.

굶주렸을
거라고?
후후…

향료의
병이
깨져서…

…어땠어?

킬리언
브룬스비크의
맛…!

근사했어.

어라?
넌!

아.

삐이——잉

거기서
뭘 하나?
두 사람!

하급생!

물론.

맛볼…

하지만 온실의
파수꾼에게는
미안하게 됐네.

그건 순수한
호기심의
발로였어.

흐응.

온실에서
담배를 피웠던
불량한
6학년이야.

이런 우연도
다 있네!
일단 앉아라.

야!

지난번에는
실례가 많았다.
다시 만나서
정말 반가워!

그만둬,
이사이.
순진무구한
하급생에게…

어때…
피워볼래?

무기와는
달리…
발랑
까졌네!

이봐
…!

치익

성냥.

느
주이?

귀밑에 키스하면
재작년에 죽은 로빈 카의
유령이 나온다는
이야기였어.

비밀
얘기
계속 하는
거야?

50

무척 귀엽게 생긴 아이였어.

사진 볼래?

아, 그 애라면 나도 알아. 그때는 창립제가 거의 중지되고 꽤른 시까지 강물 속을 뒤졌지.

로빈 카?

몰래 찍은 거야. 비싼 값에 팔렸지.

그렇구나. 귀여워….

해봐, 앨런.

정말로 유령이 나와.

귀밑에 키스하면 뭐? 새로 유행하는 놀이 같은 건가?

내 말은, 이런 식으로 대화를 나눌 순 없었다는 뜻이야!

너무 얌전한 아이라서 누구도 애완동물로 삼지 못했어.

어?

양치기로 변장한 로절린드! 올란드가 사자와 싸우다 부상을 입었다는 말을 듣고 쓰러진다!

애들은 네 여장을 보고 싶어 하는 거라고.

웃기지 마. 올란드 역은 맡을게.

어제 기절시킨 것은 사과할 테니까.

올란드 역을 맡지 않겠어?

사과?

평소처럼 로절린드인 척 하느라.

기절한 척 한 거랍니다.

에일리나! 에일리나! 양치기의 누이! 멍하니 있지 말고 양치기를 일으켜 세워. 이봐, 올리버도!

그러겠습니다. 하지만 진짜로 여자로 태어났다면 좋았을걸….

기운을 내서 남자인 척 하는 거요!

기… 기절한 척 할 수 있다면, 으음.

올리버! 넌 에일리나에게 반한 상태야. 양치기를 보고 빨개지면 곤란해!

다들 진지하게 연습하지 못해…?

웃긴 연극을 골랐구나!

내 연출이 불만이야? 희극에서 배우가 웃어 버리면 연극이 성립되질 않잖아!

간단해! 올란드는 양치기라고 관객들은 로절린드라고 생각하도록 연기하면 되는 거야!

안 죽었을지도 몰라. 사체는 발견되지 않았잖아.

그 애는 이미 죽어버렸잖아! 어째서?

그건 안 돼…. 적어도 창립제까지는 머물자. 연극에는 나가야지!

게다가… 귀여운 로빈 카.

에일리나의 대사 다 외웠어? 왜 그렇게 골이 난 거야, 앨런?

…이 학교 나가자…. 영국으로 돌아가자!

묘하단 말이야. 아직 뭐가 더 있을 거야.

누가 콕 로빈을 죽였나…?

왜 유령이 나올까?

사람들은 왜 전설을 두려워할까?

빵!

어디 가려고?

대여섯쯤 죽여 버리고 줄행랑을 놓는 걸 제안하지!

향료 병이 깨졌잖아! 난 너보다 피가 옅어. 그렇게 오래 견디지 못해!

그땐 또 누군가를 놀리면 돼. 한가해 보이는 상급생을!

들어가도 될까?

물론이지. 언제든지 환영이야.

후후.

이게 뿌리야. 먹어볼래? 자, 소금…

히아신스야.

아마릴리스의 싹이 나왔구나.

이건? 귀엽네.

붉은 무의 꽃이야.

크림슨 글로리를 꺾은 범인은 나야.

뚝뚝

온실에 정이 떨어져서…

왜?

이제 안 올 줄 알았어.

응,
마티어스?

장미랑 나,
둘 중에
뭐가 더 좋아?

…아…

마
티
어
스!

훌륭하군

59

너였구나…!
애초에 문제를
일으킨 범인은.

나보다 고작
100년 더 살았을 뿐이면서
잘난 척하지 마…!
내 마음이야…!

이런 짓을
하려고
학교에 온 것이
아니야…!

그로프
선생님께
돌려드리고
와…!

누구에게
대드는 거니,
응?

아!

그런
것…!

뚜껑
안쪽의 사진을
보여줄까…?
귀여운
소녀야…!

배여,
돛을 올리고 나아가라.
하늘 아래로. 별 아래로.
동쪽을 향해. 여명을 향해.
내 마음은 아득히…
세상 끝으로 향한다.

이차원의 벽이
찢어지더니
소녀를 집어삼켰다.
소녀는 자취를 감췄고
아무도 찾을 길이
없었다.
아아, 아아,.아아!

바람에
흩날려서
사라졌다….

…사체는
사라졌다….

누가
콕 로빈의
사체를
발견했나.

물속에서
시계는
녹슬고 터져서
바스러지겠지.

…오.

지켜주지
못한
내 누이….

메리벨의
마지막
비명처럼.

그로프
선생님…!

…?
무슨
일이냐?

…누이동생…
생각이
나서요…

마시렴.
속이
비어 있으면
몸에
해로워.

…아직 밤엔
춥단다.

달그락
달그락

무척
사랑스러운
아이였죠.

무척…

……

예.
옛날에…

누이동생?
죽었니…?

시계를
훔친
범인은

겁니다.

과거는
아무리
후회해봤자
소용이 없지.

하…
하….

지금쯤
스무 살…
결혼해서
자식도 두셋 있고…
그만두자…

그럼
너에게 벌을
줄 수밖에
없다.

그럼
돌려다오.

겁이
나서 늪에
버렸어요.

…벌을
주셔야죠.

…아니다….
됐으니까
그만 가서
자거라…!

71

응, 별것 아니야…
다들 잘 계시지?
아저씨, 아주머니…

잘 계셔.
패니를…

어머,
손가락을
다쳤니?

네가 부탁했던
블라우스를
가져왔어.

연락도 없
어쩐 일이
놀랐잖

학교도
한번쯤
구경하고
싶었고.

아얏!

쿠웅

뭐야?
그 왈가닥을
데려왔어?

얘가
어딜 갔지?
여기
있었는데?

어머나! 몰랐니?
다음 학기부터
공학이 될 거야.

여긴
남학교야!
무슨 헛소리를
하는 거야?

저기…

신입생이야!
난 패니
디테일이라고
해.

어라?

난폭하니
문은 살
닫아야지

남학생들만 있으니
계단의 손상이 심해서
도저히 못 봐주겠다는
위원회의 합의로…

패니

…황당
무계하다.

넌…
누…
누구야?

어머니는 국경을 넘다가 살해되신 모양이야…

부모님은?

에드, 그거 좀 집어줘.

…서독으로. 흠, 동독에서 온 난민이었나.

킬리언 아버지의 친구분이라고 하더군.

킬리언이 서독으로 넘어왔을 때 거두어준 집안의 사람들이야.

잘은 모르겠지만 매스컴 쪽에서 일하던 분…이시라지? 병에 걸려 동독 어딘가의 육군 병원에 계시다고 하더군.

음… 국경에서 체포되셨대.

…아버지는?

흐응…. 기가 세서 그런 낌새는 전혀 느끼질 못했는데….

동독에 있는… 부친을 만나고 싶겠구나, …킬리언?

그냥..!! 너 제법 좋은 녀석이구나!!

왜… 그래?

80

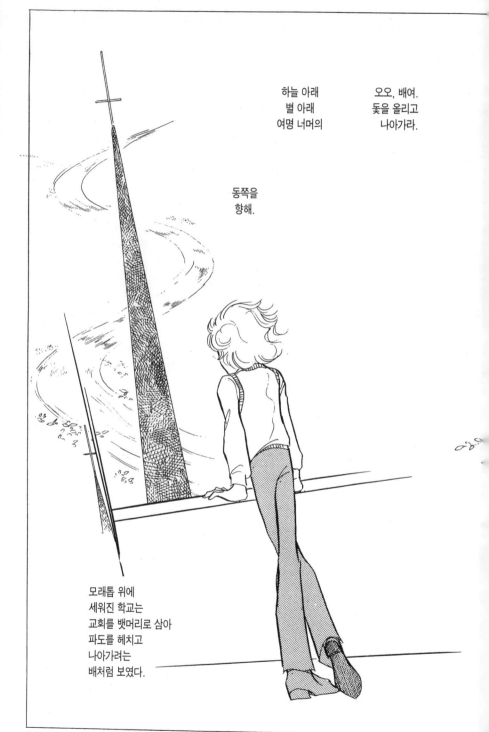

하늘 아래
별 아래
여명 너머의

오오, 배여.
돛을 올리고
나아가라.

동쪽을
향해.

모래톱 위에
세워진 학교는
교회를 뱃머리로 삼아
파도를 헤치고
나아가려는
배처럼 보였다.

내 마음은
세상 끝으로
향한다.

항상
무슨 생각을
하고 있는
것일까?

골목대장,
왜 머리를
자르지 않지?

로빈 카의
이야기가
나오면
왜 그렇게
화를 내지?

왜 시계
도둑을
감쌌나?

문득
그런 식으로
시선이 허공을
헤맬 땐…

무슨
생각을 하지?
동독에 있는
아버지를 생각하나?

「뜻대로 하세요」는
시시껄렁한 이야기야!
테오는 악마를 소환하는 편이
어울리겠다!

「뜻대로
하세요」?

연습을…
연극 연습을
하러 가자.

아하하…
아하하…
아하하하…
하…

말했잖아!
차라리 흑마술을
시연하는 편이
낫겠다고.

상급생이
말했었지…!
우리 반에
늑대가 있다고.

그래….
그러고
보니

우리 반에
늑대가
있다고 말이야!

…의식을
치르려면
당연히
살아 있는 양이
필요하다고

…집회…!

테오가
말했어.

85

양을
놓치지
마라!!

산 제물을
제단으로!!

쾌당

행복한
하루가
기를!

좋아.
여기가
심장이야!

킬리언!

놔줘,
...아!

아
약
약
약

발을 꽉 눌러.
정확하게 심장을
찌르지 못하면
대마왕에게
미안하잖아.

장난
그만해!

그만둬!
하지 마!

그만둬!
무슨
짓이야!

킬리언!

89

얼굴도 잊었어.
하지만 만나면
아마 알아보겠지.

연락은
없어?

전혀…
동독에
계시니까.

…아직…
살아
계실까…?

거들게.
물은 내가
주겠어.

토요일부터
창립제잖아.

뭐 하고
있었어?

팬지를
화분에.
옮겨 심고
있었어.

…죽이자.

….

누구든 상관없어.
지금부터
정할 거야.
몇 명이든!

로빈
카처럼
죽여주겠어.

누구를…?
로빈 카를?

두고
봐라.

최고의
5월로
만들어주지!

하늘의
모든 새들은
한숨을 쉬며
슬피 우리라.

불쌍한 콕 로빈을
추도하는 종소리를
들으리라.

이봐, 늑대!

예년보다 멋진 5월을 기원하며!

제물을!

늑대라도 길들이면 기를 수 있어!

늑대를 초대하는 건가요?

또 차 마시러 와라!

농담이라도… 그런 말은…

아아, 줄곧 얌전하더군. 반성했나 보지, 앨런을 죽이려고 했던 걸.

킬리언에게 무슨 소리라도 했어? 그….

에드

제물을!

내 마음을 알면서 놀리고 있어…!

저 녀석, 앨런…!

후… 후후 후후.

창립제와 마의 그날이 다가온다…!

글쎄.
아마 그 의식 때문에
네가 단단히 뿔이 났다고
생각하는 것이 아닐까?

내가 뭘
어쨌다는
거야?

호응?

빠ㅡ

제2도서실에
있던데?

어디
있지?

킬리언이
안 보여.
불러 와.

불러와.

새로운 피,
새로운 숨결,
새로운
생기를!

하일…!!

무척
섬세하다고!

너무
그러지 마.
저래 보여도
킬리언은 쉽게
상처받는
성격이야.

벌떠

칫,
재미있을 것
같았는데.

쓱뚝
쓱뚝
쓱뚝

너희는
어딜 가는 거야!
할 일이 산더미
같은데!!

어ㅁ.

불러오면
되는 거지?

저런 건
섬세한 것이
아니라
멍청하다고
하는 거야.

:킬
리
언
!!

마의 날이
다가온다!

새로운 죽음,
새로운 사체,
새로운 살육을!

철컥

다들 벌써
모였어...

...몇
시지?

5월의 방문.
최초의...
황금 양.

미안.
딴 생각을 하다
깜빡했어.
지금 갈게.

...

주뼛

난 그때 여기 있다가...
그 애가 떨어지는
장면을 목격했어...
이 위가
내닫이창이거든.

주뼛

93

실제로
툭하면 울었어.
영국에서 어머니와
헤어지고 왔다면서.

그래. 상급생들
사이에서는
살짝 화제가 되었지만
소심한 아이라서
다들 재미 삼아 놀려댔지.

사진을
봤는데
귀여운
아이더군.

...

나는…
늘 꾹
참았으니까…!

난 울지
않았어!
나는….

그럼 너랑
똑같구나.
네 아버지도….

그에게는
친구가
없었나?

왜…
로빈 카는
내닫이창
같은 곳에
있었지?

그렇게
들렸어.

그게
뭐야?

제히어라는
영어… 있어?
제르가아… 인가?
제캬아.
…이름일까?

사냥을
했어!!

그는
자살했나?

...!

난 로빈 카가
정말 싫어.
작고 연약한 데다
참을성도 전혀 없고….

94

사냥을 했어!! 내가 선두에 서서!

대상은 누구라도 상관없어. "쫓아라, 여우다!"라고 외치는 것만으로 게임이 시작된다.

여우 사냥은 그 무렵 유행했던 게임이었어.

발이 빠르고 기민하면 여우는 달아날 수 있어.

대개는 늪 가장자리까지 몰아넣지.

난 조금도 봐주지 않고 늪지 깊숙이 여우를 몰아넣었어.

로빈은 동병상련의 눈으로 날 봤고…

아버지나 여러 가지 일로 서러워서 울고 있는 것을 목격했어.

그 전날 로빈은 우연히 내가

그것이 내 비위에 거슬렸어.

…그래서 나는 그를 조금 다시 보게 되었지….

그는 옷이 더러워진 이유를 선생님께 고자질하지 않았어.

그날
저녁…

다시
보게…

난 여기서
별 생각 없이
창문을 내다보고
있었어.

…젤
히어…
그 그림자가
누구인지는
불분명했지만
거의 동시에 들려온
높다란 비명은
로빈 카의
것이었다.

이어서 들려온 물소리와
핏기가 가신
내 얼굴을 보고서야
다들 무슨 일이
일어났는지 알게 됐어.

아무도
그 장면을
보지
못했지.

하지만
로빈 카는
발견되지
않았어.

얼마나 열심히
기도했는지
몰라.

누가
콕 로빈을
죽였나.

내가
죽였지.

내가.

내가.

내가.

98

울기 위해서?

그 후로 내 온실에 자주 드나들게 되었지.

새 학기가 되어 학교에서 다시 만났을 땐 머리를 기르고 주근깨까지 생겨서 다른 사람 같았어.

그해 여름 방학 내내 킬리언은 병으로 앓아누웠어.

그래. 로빈 카의 이야기를… 들었구나.

킬리언… 말이야. 머리를 안 자르잖아? 원래 얼굴로 되돌아가기 무섭대.

응…. 그리고 자주 꽃에 물을 주었어.

추적한 것은 한 명의 소년….

이제 다시는… 누구도.

또 다시 누군가가 홀로 내닫이창에서 우는 모습은 보고 싶지 않다고 했어.

한심한 녀석이군, 킬리언은.

에드거!

!

…렇게 외치고
…어졌대.
…빈 카의
…후의 목소리야.

킬리언과
그런 이야기를
했어?

…젤
커… 밍.

천사여!
…겨기야!

…사가 왔다!
… 여기 있어!

엔젤 커밍
아임 히어!

응?

의상을
맞춰보았어!
나 진짜 여자처럼
보이더라.

가발 같은
것도
쓰고…

어디
가?

내달이창.

…사.

…로빈 카는
무엇을
기다렸을까?

기다림의 창이야.
고대의 공주는
여기 앉아서
다리를 건너오는
애인을 기다렸지.

무엇이
보여?

정문의
다리…

…어.

천사는…
안 왔잖아!

…로빈이
본 것은
…환영이었을지도
모르지만.

당연히
왔어.

100

그리하여
5월은
고이는 일 없이
흘러간다.

바보!
양치기는 남자야.
올란드는 그렇게 믿고 있다고!
그런 짓을 할 리가 없잖아!

해라
해라
응!

해라
키스
해라

재밌
겠다

키스?!

저기에
키스 신을
넣는다면?

설문지를
나눠주고
관객들에게
맞춰보라고
하면 어때?

최고다.
어느 쪽이라도
말이 되겠어.

그가
남자로
보여?
여자로
보여?

외출 허가를
받았거든.
장을 보러
갈 거야.

내일 창립제를 위해
이것저것
준비할 것도 있고.

잘
마셨어.

어라,
벌써
가려고?

W

하급생들의
연극은 너무
고지식하다니까!

뭐라고?
해버려, 해버려.
가브리엘의 역사에
길이길이 남을 거야!

"7시…"
겠지?

콰당

"아침
중에서도
6시 언덕엔
영롱한…"

나도 나가.
난 시를
암송할
거야.

연극
보러
갈게.
잘해라.

꽤 웃긴
코미디야.
테오의
각본이니까.

*로버트 브라우닝의 「봄의 노래」라는 시의 일부.

세상이 변해가는 것은 당연한 일이고.

내일 창립제가 끝나고 연극도 끝나면

전에 왔을 때는 동서로 갈라지지 않았어. 뭐… 좋아. 앞으로 어떻게 변할지는 신만이 아시겠지.

결국… 우린 무얼 하러 여기까지 온 거야?

여기라니?

… 서독이라. 서독 말이야!

앨런?

앨런, 네가 그리워하는 영국으로…

좋겠다. 이건 뭐야?

아니야, 집에 잠깐 갔다 오려고. 부모님께서 일이 있어서 창립제에 못 오신대. 쾰른이라 얼마 안 걸리거든.

외출 허가? 에드와 앨런도 받았더라.

….

참 탐스럽게 피었죠! 아름다운 장미예요.

뜯어진 옷이야. 기워달라고 하려고.

마티어스는 좋겠다.

우와, 나도 집에 가고 싶어.

이봐! 꽃 장식이 모자라. 오늘 밤만 고생하면 다 끝나!

으 - 악

그 그럼…

콰앙!

사이타마 명상녹

앨런?

연락도 없이 가면 놀라겠다.

여동생에게 선물해야지.

아마릴리스가 필 때가 다 되었어.

…!

온실 문이 열려 있어.

마티어스가 받을까?

도로 파내진 않을 거야. 장미에게는 죄가 없다고 말할 걸?

심어두려고?

그게 좋겠지.

네가 먹어. 난 너에게 받을게.

그래, 먹어버려.

그 반쯤 핀 걸로.

꽃봉오리가 똑같이 다섯이라 거슬려. 꺾어버릴래.

그렇게…
스쳐
지나간다.

아아, 꿈.
머나먼 나날들…
머나먼 사랑…
눈물, 후회.

전부
작은 상자 속
혹은
작은※연못※속에.

떠오르는
것은
오로지
추억뿐.

오늘은…

정문이
열린다.

앨런.

몸이
나른해….

날씨가
아주
화창해.

앨런,
일어나.

봄의
내방자를
맞이한
5월.

그녀 좀
소개해줘!

오늘
그녀가
오지?!

킬리언!

킬리언!

리스
디테일 양!

110

날개를
보여줘.

날개는 없어.
하지만 정말로
천사란다.

우리가
누구냐고?
… 글쎄다,
천사야.

작은
로빈.

헬로,
로빈.

하지만 로빈이
일곱 살 때
그의 양친이
이혼하는 바람에
그는 모친을 따라
리버풀로
이사를 갔지.

언제까지
기다려야
하는데?

조금 더
자라면.

나도
데려가.
외로워.

나도 데려가.
난 외톨이야.

"내년 여름에."

결국 부친은
로빈을 학교에
남겨두고
재혼하여
이탈리아로…
떠났다더군.

우리는
그 뒤를 쫓아
알프스를 넘고
라인 강을
건넜다.

2년 전
성장한 로빈을 맞이하러
리버풀로 갔지만…
그는 없었어.
부친이 스위스로
데려갔다고 들었다.

…하지만.

로빈이 더 이상
천사를 믿지 않을까
염려하기도 했고….

우리는 그리
서두르지
않았어.

로빈은
마지막까지

세상에는
남들보다 신경이 예민해서
좀처럼 성장하지 못하는
아이가 가끔 있어.

너무
늦게
도착했다.

마티어스를
내려놔.
곧 연극이 시작될 거야.
다 잊어라.

그는…

그가
알아
차리는
일만
없었다면.

우리는
조용히
돌아갈
생각
이었어.

누가
콕 로빈을
죽였다.

"나." 하고 참새가…

천사를 믿고
기다렸는데…

우리랑
같이
갈 거야.

표정이
왜 그래?
벌써부터
긴장한 거야?

밥은
먹었어?
깃털은?

킬리언!

이봐,
올란드가
왔다!

어디에 있었어?
킬리언.

대낮…!

세상은
평안도
하여라!

하늘엔
하나님이
계시니.

달팽이
기어가고

로빈은 좋겠다.
로빈이 부러워…!
이미
자유로워졌으니까.

로빈…

로빈…!

온실의 파수꾼.
다정한 온실의
파수꾼.

"킬리…
꽃에 물을 주지
않을래?" 라고.

"꽃에 물을
주지
않을래?"
라고.

그는 내게
다른 말은
하지
않았다.
그저…

빛이 쏟아져 드는
이 작은 정자는
나에게 무슨
의미였을까?

왼쪽 무릎을
다친…
파수꾼….

"살아야지."…
하고.

네가 사랑해 마지않는 악마가 여기 있어!

우악악

응, 흡혈귀 말이구나? 재미있는 이야기지. 하지만 지금 추도 미사 준비가… 게다가 무대의 뒷정리도 있고…

악마…? 네가?

뱀피르? 뱀파네라… 도르드… 그런 것 말인가?

바로 그거야!

장미? 장미와 관련된 악령이라면 그야 물론

난 뼈뿐이라 맛없어!

아멘.

아

시끄럽네!

꾸앙

바보냐?

너는… 넌 뱀파네라 같은 것을 믿어?

신앙이 무엇인가라는 문제부터 따지자면 그래, 믿음이 있는 자는 구원을 받지!

십자가는… 효과가 있을까?

그건 죽은 자와 밤의 암흑에 대한 두려움이지…

트란실바니아의 뱀파네라 전설.

단지 '끝없는 우주'에 대한 공포가 '우주인'이라는 실체가 되어 나타났을 뿐이야!

실체?

『우주전쟁』을 쓴 웰스는 우주인의 존재를 믿었을까? 천만에!

124

불안한
영혼을 먹고
자란다.

공포는
입에서 입으로
전달되어

전설은
뿌리를
뻗치고

신화는
숨을 쉰다.

결국 사람들은
무서웠던 거야.
이해할 수 없는
무언가가…

그래서
그것을

마녀 같은 것은 없다.
우주인 따위는
존재하지 않는다.

검은 고양이는
악마의
심부름꾼이
아니다.

뭐?
노,
농담하지
마!

마티어스가
죽었어!

누,
누구?

있잖아!

응?

그
애들?

두 사람!

나중에
얘기해!

이러고 있을 때가
아니야!
미사
시작하겠어!

형체가 있는
존재로
만든 거지

테오!
그 애들을
어떻게 생각해?

곧… 눈을
뜰 거야…!

응! 사실은 잠들어
있을 뿐이야.
죽은 것은 아니야…

125

하필
이런 날
발견될 게
뭐람.

이럴…
수가!

…!
…!

소리
내지 마!

…악!

전설들의
종합 선물
세트 같군.

여기야!

덕분에 작년에도
재작년에도 도넛을
먹지 못했어.

영국에서 온
전학생은
처음인가?

나가자!
선생님을
불러와야지!

내가
무슨 소릴
하는 거야!
그런 것은
없어!

고작 숨을
쉬지 않는 것뿐인데,
시체란 건 어쩜
이렇게 섬뜩할까?

잇자국이 아니야!
아니지… 피를 빤다는 것은
표현법에 불과할지도 몰라
책에 의하면
생기…를 빨아서….

이드…
라고
했던가.

여기까지
온 용건도
아직 해결
되지 않았고

누구?
아는 사이?
아니야.

그들은…
로빈 카를
찾으러
왔어.

로빈의
유령?
그게…
누군데?

나 혼자
하겠어…!

네가 협력할
마음이 없다면

아마 다들 늪에 빠졌다고 생각할 거야…

킬리언?

마티어스의 윗도리 잖아?

키, 킬리언.

킬리언.

킬리라고 불렀어.

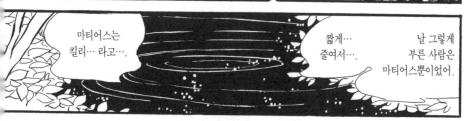

마티어스는 킬리… 라고….

짧게… 줄여서….

날 그렇게 부른 사람은 마티어스뿐이었어.

꽃에 물을 주지 않을래?

킬리….

132

이틀 후
늪에서….

1학년이 마티어스의
윗도리를 발견해서
그의 부모님이
달려왔지만.

되풀이된
마의 5월 때문에
말도 탈도 많았지만
한 달 후에는
여름이 찾아왔다….

이미
뱀파네라들이
김나지움을
떠난 후였다.

부디
되살리지
마소서!

저는 늘 인간으로
살아가는 것이 버겁습니다.
더 강해질 수 있도록
힘을 주소서!
저를 되살리지 마소서!

오오,
신이시여.

그래서
테오는
안심했다.

킬리언이
가사 상태에
빠지는 일은
없었다….

136

…머나먼 자들이여,

그러나…!

뱀파네라의 피는 킬리언의 몸 속 깊숙이 가라앉아 존재했다. 잠재적인 인자로서 자손에게 유전되어…

…아득한 추억을… 그리워 하며…

그것은 먼 훗날의 이야기다.

「작은 새의 둥지」
1973년 5월

램턴은 말한다

날짜는 1888년 10월 15일 입니다.

이 그림 보십시오. 포즈는 다르지만 이것도 퀭튼 경의 램턴입니다.

아서 퀭튼 경은 풍경이나 정물을 즐겨 그리던 화가였습니다.

자화상 외의 인물화는 오직 이 소년뿐이죠.

…여기에는 1888년 9월 30일이란 날짜가 적혀 있습니다.

네 번째.

│ 소년의
│상화는
│부 합쳐서
│한 장입니다.

의자 팔걸이에 앉아 있는 램턴.

이 소파를 보세요.

세 번째 램턴, 날짜는 같은 해 11월 4일.

│대로
│요.

지금 샬롯 양이 앉아 있는 바로 그 소파입니다.

어머나 …!

앗!

우웅

대학생이었던 난
여름 방학을
이용해서
여행 중이었는데

...지금으로
부터
16년 전.

그날은
소어 강을 따라
레스터를 향해
걸어가고 있었죠.

갑작스런
비를 피해
뛰어 들어간
저택이…

우와아!

...륀튼
저택이었
습니다.

여행자인데…
비가 와요.

아,
죄송합니다!
문이 열려
있어서!

헉!

오오.
난
뇌우군요.

지금
팔려고
내놓은
상태거든요.

난
이 집 상태를
살펴보러
왔소이다.

예에.

오래된
집이지요.

아,
그랬군요.
들어
오시구려.

난
부동산
업자라오.

호, 그런가요? 학생은 미술학도요?

…아니다. 이건 모사품이군요. 얼굴이 달라요. 왜 로렌스라는 화가의…

…램턴?

사지 않겠소? 시세보다 싸게 나왔다오.

학생이라 돈이 없어요.

어차피 이 집은 안 팔릴 것 같으니.

마음에 들면 가져가구려. 괜찮소이다.

저벽 벅

빨리 팔지 않으면… 세금 폭탄을 맞아서.

때마침 도착한 버밍엄행 열차를 탈수 있었죠.

그가 차로 레스터까지 데려다준 덕분에

얼굴만 다른 램턴이라니 재미있잖아요.

그래서 여행 기념으로 받아가기로 했죠.

밤에는 런던 우리 집에 도착하겠지.

환승시간만 잘 맞추면

영차.

이윽고 비가 그치고.

그림을 자세히 보지 않았던 난 다른 승객에게 크게 신경 쓰지 않았지요.

엄청난 장미군! 어디 파티라도 가나 보지?

쾜튼 경이 사망했다는 8월 21일 이었습니다.

나중에 안 사실인데 마침 그날은

콰앙

응.

다음 역이야.

난 여기면 충분해.

나 먹을 음식도 가지고 있고.

아니야.

그럼 차라도.

신경 쓰지 마세요. 주무실 거면 침대를 준비할게요.

하하, 내가 싫은가 보네.

아, 그렇구나. 그럼 일종의 캠프인가…? 좋은 곳이야. 이 근처는 옛날에 여우 사냥이 활발했다지?

난 여기저기 여행을 다녔었는데 말이야…

여름에만요.

…고마워.

이 집에서 단둘이 살아?

소년의 눈은 푸른색이었다.

고즈넉한 밤의 소리.

눈을 뜨니 아침이 되어 있었다.

나 혼자만 주절거리다

죽여?
아침부터
무시무시하네.
무슨 이야기지?

그냥
죽이지
그랬어?

오, 그래?
고맙다.
신세 많이
졌어.

아저씨,
열차는
9시…
시간이
빠듯해요.

장미는
재가 되어
있었습니다.

앨런…
그가
눈을 떴어.

……

어쩐지
위화감이 드는
두 사람…
하지만 신세를 저놓고
불만을 가져선
안 되지.

간신히
열차 시간에
늦지
않았구나.

다행히
아무렇지도
않구나.

그림은
또 떨어질지도
모르니
바다에
둘까.

참… 이 피…
그림에 묻은 건
아니겠지.

열쇠를 열고
들어가보니
난로에 장미를
태운 흔적이
남아 있었습니다.

관리인은
불량 청소년들이
산장 대신
묵고 간 것 같다며
길길이 날뛰었죠.

그로부터
□년 후인 1952년에
□정공원과
□턴의 그림에 얽힌
□야기를
□편으로 써서

대학교
동인지에
발표
했습니다.

작품 제목은
「램턴」으로
붙였죠.

그 소년들은
정말 단순한
불량 청소년이었을까?

그 소년들은
어디로
가버렸지…?

하지만… 그렇게
치부하기에는
너무나도….

너무나도….

그날 밤의
두 사람은
너무나도
순수해 보였습니다.

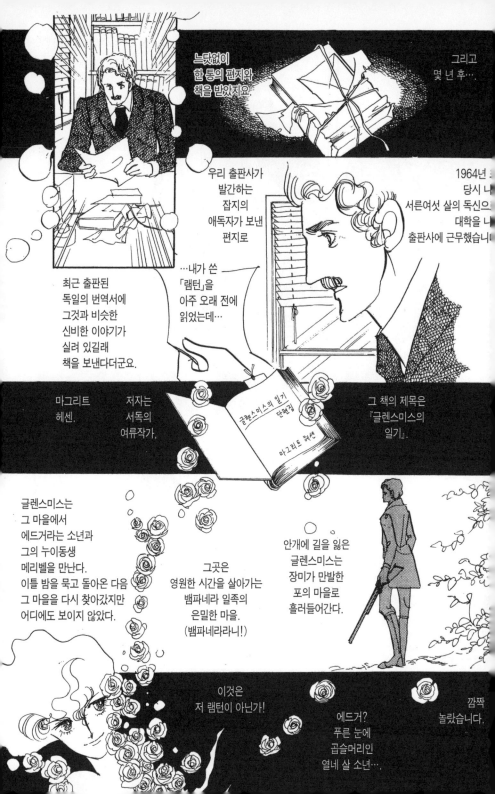

느닷없이 한 통의 편지와 책을 받았지요.

그리고 몇 년 후…

우리 출판사가 발간하는 잡지의 애독자가 보낸 편지로

1964년
당시 나
서른여섯 살의 독신으
대학을 나
출판사에 근무했습니

…내가 쓴 「램턴」을 아주 오래 전에 읽었는데…

최근 출판된 독일의 번역서에 그것과 비슷한 신비한 이야기가 실려 있길래 책을 보낸다더군요.

마그리트 헤센.

저자는 서독의 여류작가,

그 책의 제목은 『글렌스미스의 일기』.

글렌스미스의 일기
단편집

마그리트 헤센

글렌스미스는 그 마을에서 에드거라는 소년과 그의 누이동생 메리벨을 만난다. 이틀 밤을 묵고 돌아온 다음 그 마을을 다시 찾아갔지만 어디에도 보이지 않았다.

그곳은 영원한 시간을 살아가는 뱀파네라 일족의 은밀한 마을. (뱀파네라라니!)

안개에 길을 잃은 글렌스미스는 장미가 만발한 포의 마을로 흘러들어간다.

이것은 저 램턴이 아닌가!

에드거? 푸른 눈에 곱슬머리인 열네 살 소년….

깜짝 놀랐습니다.

미인이다!
미스?
미세스?

전 마그리트 헤센입니다.

안녕하세요.
돈 마셜 씨?

런던에서
서독의
프랑크푸르트까지
단숨에 날아갔습니다.

반지가 없어.
미스다!
만세!

편지를 받고
많이 놀랐답니다.

내가
프랑크
푸르트에
왜 왔더라?

이것이
제 증조할아버지의
이야기
『글렌스미스의 일기』…
100년 전의
이야기죠.

두 작품의
유사점은…

이쪽이 당신이
10년 전에 쓰신
「램턴」.

에드거.

…어째서
소년의 특징이
이다지도
닮았을까요?

제가
이 가브리엘
김나지움의
4학년이었을 때…

에드거
포츠넬.

앨런
트와일
라잇과

영국에서
전학을
왔어요.

에드거
포츠넬과
앨런
트와일라잇.

학교 서류에는
전학생의 이름이
또렷하게 기록되어
있었죠.

살짝
소름이
끼쳤습니다.

금방
떠나버렸
어요….

두 달 정도
있다가

즉 이런 식으로
전 세계의
얼마나 많은 지역에,
얼마나 많은 시대에 걸쳐서
에드거 포츠넬이라는
이름이 우연히
서류에 기록되어
있는 것일까요?

루이스는
기억나는 대로
에드거에 대해서
말해주었습니다.

글렌스미스의
일기 속에 또
가브리엘
김나지움에.

램턴이나
국정공원의
에드거.

마그리트는
웃었습니다.
글렌스미스의 말처럼
에드거가 불사신인
뱀파네라 일족이기
때문이라고.

당신도
꿈을
꾸시죠?

나는
그녀를
마주보며
웃었습니다.

우리는
시간이 자아내는
우연의 매듭을
엿본 것일지도
모릅니다.

에드거,
앨런,
메리벨.

시간이 나에게
그런 꿈을
보여줬을 뿐일지도
모릅니다.

나는
글렌스미스를
믿기로
했습니다.

그래요,
이렇게 된 이상
의심하든지 믿든지
둘 중 하나겠지요.

그 이름이 에드거와 메리벨.

갓난아기일 때 죽었다더군요.

유서를 남긴 오즈월드 에번스에게는 이복형제가 있었는데

뱀파네라 라니!

옛날이야기 잖아요.

나중에 메리벨이란 이름의 열세 살 난 양녀를 들였지만

이 아가씨도 금방 죽었어요.

역시나 젊은 나이에 요절했지요.

또 유시스라 같은 어머니 동생 있었는

어쩜…

그러나

맞습니다. 아무것도 알 수 없었습니다.

그것 역시 추측에 불과하잖아요. 그것만으론 알 수가 없어요.

아득한

언젠가 자손들이 '에드거' 와 '메리벨' 을 만나리란 예언이었습니다.

오즈월드가 300년 전에 유서로 남긴 말은

헨리 에번스 에드거 만났지

…시간을 뛰어 넘어.

아득한

…시간을
뛰어넘어….

예, 에드거와
앨런의 전학 이야기는
아까 들으신
대롭니다.

루이스…?
아까… 에드거와
같은 학교에
있었다던?

…그럼 이번에는
자네 이야기를
들려주게,
루이스 버드.

하지만
마셜 씨가 하도
에드거에게 관심을
보이시길래.

누군가는 에드거와
앨런의 정보를
더 알고 있을지도
모르니까….

옛 친구들을
방문해
보기로 했죠.

올봄에
자전거로
서독을 여행하는
김에….

언제 돌아와도 괜찮도록

그의 방은 깨끗했습니다.

알 수가 없다네.

킬리언은 언제 돌아올지

맨 먼저 찾아간 킬리언 브룬스비크는 없었습니다.

그대로 두고 있다고 그의 양부가 말하더군요.

안 돌아올지도 몰라.

킬리언은

안녕 언젠가 다시 만날 때까지

킬리언 브룬스비크

사라진 날 침대 위에 놓여 있었지. 자네가 친구라면 이 책을 받아주게나.

이건 킬리언이 애독했던 독일사 책이라네.

그의 친부가 동독 어딘가에 있다는 것도.

킬리언이 어릴 때 동독에서 건너왔다는 사실은 모두 알고 있었습니다.

돌아와? 어디에서? 동독에서?

반장 테오가 생각났습니다.

나는 킬리언과 친했던

...난 헛소리나 들으려고 여기까지 온 것이 아니라고요!

테오도□ 브로니스

그럼 말해주겠소. 테오?

전설은 전설, 전부 새빨간 거짓말이에요!

아까부터 가만히 듣z 하니까·· 뱀파네라니 드라쿨라니

두 명의 전학생···! 3월 말의 에드거와 앨런.

킬리언의 책은 네 거아

하하.

신발도?

그야 당연히 걱정했죠! 왜 그런 질문을 합니까?!

만약 그들이… 뱀파네라 라면.

컬리언은 목을 물렸다고 걱정했나?

에드거와 앨런은 또 전학을 간다면서 학교를 떠났어요. 끝입니다.

바로 그날 두 사람,

컬리언은 목을 물린 바람에 피가 났지요.

전설대로라면 그렇겠죠!

밤이면 밤마다 달빛 아래서
신선한 피를 구해 떠도는 존재.
그림자도 없이
장미의 정기를 흡수하고
십자가와 흐르는 물을 두려워하고
낡은 무덤에서 잠드는 존재.

전설에 따르면
뱀파네라에게 피를 빨리고
죽은 사람은
뱀파네라가 되어
부활한다

꾸며낸
이야기예요.
그런 존재는
세상에 없어요!

그들의 시간은
가만히
멈추어 있고

그들의
피부 위로
시간이
달린다.

그 푸른 눈의
소년은
지금
이 순간에도

변해가는 것은
주변 환경이나
우리들뿐이다.

어느 거리의
모퉁이에
서 있을지도
모른다.

그 기적을
다시 한 번
만나고 싶답니다.

그것이
꿈이라도
상관없어요.

그러고
보니...

뭔가
타는 냄새가
나지 않나요?

로저.

로저.

있잖아,

로저
오빠.

지금도
어딘가에
있을까…?

샬롯은?!

샬롯은
…?

로저.
로저.

아…

로저.

1780년 오즈월드 O. 에번스. 유서를 남기다.
1783년 클리포드 에번스. 저택을 시에 도서관으로 기증.
1820년 헨리 에번스. 에드거와 메리벨을 만나다.
1879~1887년 리델, 숲에서 에드거와 앨런과 함께 지내다.
1888~1889년 퀜튼 경. 램턴을 그리다.
1934년 어빈. 에드거를 만나다.
1940년 어빈. 나이를 먹은 리델을 만나다.
1945년 어빈. 도서관에서 에번스의 유서를 발견하다.
1950년 돈 마셜. 램턴의 그림을 낡은 저택에서 발견. 국정공원에서 에드거.
      앨런과 하룻밤을 보내다.
1953년 돈 마셜. 동인지에 「램턴」을 발표.
1959년 서독의 가브리엘 김나지움에 에드거와 앨런이 나타나다.
1960년 마그리트 헤센. 「글렌스미스의 일기」 발표.
1964년 마셜. 마그리트와 만나서 결혼.
1965년 마셜. 「뱀파네라 사냥」을 발표.
      이것을 보고 찾아온 어빈이 퀜튼 저택을 매입한 후
      여러 장의 그림을 발견.
1966년 루이스. 테오를 방문하다.
      퀜튼 저택에서 열린 모임에서 화재가 발생하여…
      샬롯 에번스 사망(14세).

「램턴은 말한다」 1975년 5월

시간의 바람이여,
한숨이여,
꿈이여.
달리고 달려라.
지금은 보이지 않는
눈부신 지평을 향해.

시간의
수레바퀴여.
돌고 돌아라.
생명이 다시
환생할 때까지.

오, 잘 있었니. 이디스?

나 왔어.

어머? 안녕하세요, 어빈 씨.

...서 와라. ...이디스.

역시 앨런 이구나.

무슨 일일까?

...단골손님한테 ...무슨 소릴 ...하는 거야.

또 왔구나, 저놈의 영감탱이! 무슨 목적으로 우리 주위를 맴도는 거지?

로저.

그럼 이쪽의 스푼 세트로 하시겠습니까, 어빈 씨?

?

음… 뭘 사러 왔니?

아, 아뇨.

감사합니다. 또 들러주세요….

어라?

이런 식으로
나와
연결되는
것은…
역시
자매이기
때문일까…?

…신기해라.
이미 세상에
없는 샬롯…
얼굴도
기억나지
않는데

「꽃 속의 램턴」,
1889년 4월 15일
아서 토머스 퀸튼.

…오래된
그림이네.

알았어.

차 마시자.
이디스.

그래도 우린
좋은 친구가 될 수
있을 것 같아.
…아름다운
그림이네.

앨런…
이상한 아이야.
난 그 아이에
대해서
아무것도 몰라.

저 그림은 …?

우후후, 예쁜 그림이지? 친구에게 받았어.

로저!

당장 돌려줘야지. 망할 영감탱이!!

내 그림이야. 내 그림이라고, 로저!

뭐 하는 거야?!

제길, 어빈 영감의 수작이군!

램턴! 역시!!

무슨 짓이야?! 여동생 물건에 손을 대는 녀석이 어디 있어?

로저!

너무해! 이런 법이 어디 있어?! 그건 내 친구가 준 그림이란 말이야!

헨리 형은 아무것도 모르겠지만 어빈이…!

그래, 좋은 그림이구나.

착하지, 이디스? 눈물 닦고 손을 씻고 오렴.

로저 오빠 미워.

친구가 선물해준 그림이야!

내가 로저를 따끔하게 혼 내주마.

우리의 맹세를 잊었어?

14년 전 부모님이 돌아가셨을 때 형제가 힘을 합쳐서 애정이든 물질이든 무엇 하나 부족하지 않게 이디스를 기르자고 맹세하고 실천해왔다.

언젠가 이디스에게 성도 한 채 사줄 수 있겠지.

이번에는 셰르부르의 장물아비와 거래한다. 봐, 상당한 물건이지?

수입이 짭짤할 거야.

너 너무 철이 없고 다혈질이야. 어빈은 단골손님이고,

샬롯이 죽은 건 사고야. 10년도 더 된 일이잖아…. 그만 잊어라.

207

마법의
향기가 나는
기록.

올해로
76세.

20세기의
여명과 동시에
나이를 먹기
시작해서

…나
존 어빈은
1900년에
태어났다

가브리엘 김나지움의
전학 기록,
타버린 램턴의 그림,
리델 노부인의 이야기,
마셜의 이야기,
테오의 이야기,
에번스의 유서…

그들을
추적한

그날 밤…
1934년 마법의 밤 이후
끈질기게 추적해왔지!

그는 어디에 있지?
표본으로 만들어 붙여두고
싶을 정도야.
책 사이에 끼우고
책장에는
자물쇠를 채우고!

…눈이 푸른 그 친구? 아니.

이디스, 혹시 에드거랑 만났어?

…너무 생생한데 꿈을 꾼 것인가…?

꿈인가?

…이거예요. 근사하죠?

에드거!

맞다, 오래된 그림을 가지고 있어요. 100년도 전의 그림요.

아서 토머스 퀜튼이라는 사람이 그린 「꽃 속의 램턴」이라는 그림인데 무척 아름다워요.

남자 친구 이름은 앨런이에요.

…남자 친구가 선물한 그림인 걸요.

어머…? 그건 곤란해요.

이디스! 나에게 양보해다오!

이디스를 감시하면…

에드거? 예, 앨런의 친구 말이죠? 눈동자가 푸른.

틀림없이!

드디어 나타났다!

217

…바다
냄새가
난다.

이디스의
모자구나.
이런 곳에
있었네.

이건 뭐지?　그럭저럭…
한 시간 이상
달렸어.

괜찮은 물건이
있다고?
이런 곳에?

오케이,
제시간에
도착했어.
가자.

몰라.
내 임무는 가방을
교환해 가는 것
뿐이야.

바비?

...바비는
어디 있지?
늘상 바비가
왔었는데?

이 여자,
손을 떨고
있잖아.

...초짜 티가
너무 나는데?

내 자손이니
별 수 없나.

구린 일로
돈을 버는군.

...장물
거래인가?

...
부스럭

아
아

...말소리가
들려.

바비의 시체도 끼워 넣고.

거기에

자기들끼리 싸우다 죽은 걸로 위장하는 거야.

상관없으니까 모조리 해치워.

여자도?

수근 수근

!

까악…!

경찰인가?!

…모르겠어. 따라와!

염병할! 놈들이 달아난다.

내버려두고 우릴 목격한 아이부터 찾아! 우리 얼굴을 봤어.

...오늘밤은
하나부터 열까지
마음에 안 들어.

...

맞아.
돈이
필요했거든.

당신,
이런 거래는
처음이지?
프랑스인?

진정
됐어?

그럭저럭.

이제 와?
...!
어라?

다녀왔어,
이디스.

방금 런던에
도착하는 바람에
잠잘 곳을
구하질 못했대!

이
사람은...
으음...
저기.

222

아, 잘 잤어요? 언니. 내 침대가 좁진 않았어요?

푹 잤어. 고마워.

와아, 날씨 좋다!

상쾌한 일요일이야!

오늘 아침 마게이트 서쪽 5마일 연안의 오두막에서

그럼 오늘은 어쩔….

총에 맞아 죽은 신원 미상의 남자가 발견됐습니다.

경찰은 현장에 남아 있는 발자국과 자동차의 타이어 자국을 조사하고 있습니다.

어젯밤의 거기야!

언니는 프랑스에서 왔어요?

응.

홍차 드실래요? 아니면 커피?

좋은 아침.

옷 사줄게,
원피스.

난 어제부터
집만 보고…!

음…

그녀가 묵을 만한
숙소를 찾아주고 올게.
집 잘 보고 있어.

우와,
무서워라!

…아무래도
귀찮아질 것
같아.

…하여간 2~3일
시내 호텔에
머물면서
몸을 사리고
있어.

피장파장
아닌가?

여동생이 귀엽네.
당신들 너무 위험한 일에
몸담고 있는 것 아니야?

끼익

요즘 유행이
다시 돌아오고
있으니까…

… 어떤 옷을

사달라고 할까?

맞다,
차고에
낡은 패션
책이 있었지.

앨런의… 푸른 눈의…

에드거!

너 혼자야?

미안하지만 잠시 쉬고 있었어. 상처를 동여맬 만한 천이 없을까?

어떻게 된 거야 …?

의사에게! 전화, 전화해서 …!

…사람들 부르지 마.

군이 그럴 것 없어. 벌써 상처가 아물고 있으니까.

…나 소염제를 사올게. 그리고 압박붕대랑… 또….

안 돼!!

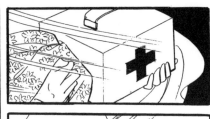

아파? …많이 아파?

아니.

5분 안에 돌아올게. 알았지? 움직이면 안 돼.

어쩌다 이렇게 다친 거야? 싸운 거야? 누가 이랬어?

어쩌다…

정말이지 저 애는 뭐야?

앨런이 끼어들 여지가 없잖아.

헨리와 로저가 어지간히 애지중지 키웠구나.

순수한 아이군.

이디스? 안녕.

아, 어빈 씨.

쿠웅

어째서 우리 차 안에 숨어 있었을까? 나쁜 짓이라도 했나…? 설마.

타박상도 아니고 베인 상처도 아니고….

지금 급하니까 다음에 봬요.

이, 이디스!!

에드거?!

미안해요. 제가 좀 급해서요. 에드거가… 저기.

쩌엉

타닥

감사합니다.

약 쿡

어빈 씨!!

227

…그것이야
말로
바라던
바다.

꺼
져.

안 돼!
안 돼,
에드거!

안 돼.

넌 환자야!
어빈 씨,
이 아이
다쳤다고요!

이디스!
그는
전에….

나가주세요!
어빈 씨,
나가줘요!

이디스!

위험하다!
다가가지 마.

틀림없어.

저 아이다.

에드거의
상처는
어떻게
되었을까?

앨런이랑
거의 이틀이나
못 만났어.
그런 일도
있었는데.

다녀왔어!

어서
와라.

발레리 여학교의
학생이야.
분명히 그날 밤 본
푸른 눈의 아이다.

다녀올게.

잠시도
가만히 있질
못하는군.

안 건드렸어.
손톱만큼도.

정말로
이디스를
건드리지
않은 거지?

메롱

데이트 약속
있다면서?

하지만 덕분에
이디스가
착하다는 건
알았지?

어디서 어떻게
다쳤는지 모르겠지만
여자에게 간호를 받다니
군기가 빠졌어.

예!
제 것이에요.
잃어버렸는데….
어디서…?

어머나…!

이 모자,
혹시 아가씨
것인가?

거기 가는
아가씨!

퍼억

서둘러!

우…읍!

으읍

칫!

유괴범
이다!!

허억
허억
허억

쏘지 마!
사고로
위장해야 해.
빨리 타라!

쫓아갈게!
넌 정문으로
돌아가!

아뿔싸!

도와줘!

앨런!

앨런!

어쩜
좋아?

어쩌지?

이디스!

앨런!

다 나았어.
그 모자나
보여줘.

너
다친 곳은?
상처 말이야!

에드거!
이디스를 데리고 왔어.
이상한 놈들이
쫓아왔대!

에드거!

어머…
언제…?

방울이 하나
떨어졌네.

내가
총에 맞아
다쳤을 때야.

범인의
얼굴을
봤어.

2~3일 전에
뉴스에 나왔잖아?
마게이트 근처에서
신원 미상의 살인 사건.

위험한 건
너야.

경찰에게
가자!
위험하잖아!

어휴,
왜 그런
살인 현장
같은 걸
목격한 거야?
한심하게!

…
에드거…!
그래서…
다친…!

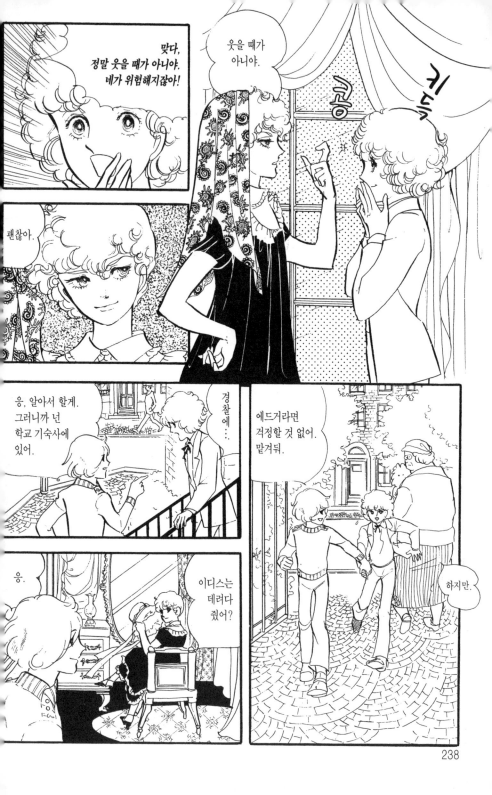

238

그 유령이
강에 잠기는 자동차
지붕 위에 서서는
말이지.

물 위를
걸어가더라고.

내가 다 봤수다.
빨간 옷을 입은
유령 같은 것이

사고래.

무슨
일이야?

술 냄새가
지독하군.

차가 강에
빠졌다네.

난 안
취했다니까!

알았네, 알았어.

새빨간 유령이 폴짝폴짝….

사체를 조사해!

목에 난 이 멍 자국은 뭘까?

프랑스에서 날 고용했던 두목이에요.

프랑탕.

폴짝 폴짝….

데리러 왔나보네!

어머? 네 남자 친구야, 이디스.

이디스!!

에드거? 꼴이 그게 뭐야?

다 처리했어.

이런.

야단났구나!

그건 이디스의 물건이야!!

내 그림!!

서까지 가주실까. 아가씨. 실례하네.

헨리…

난 프랑스 경찰이야. 마약 밀매를 추적하고 있었어.

당신의 거래처 보스는 상당한 거물이거든.

당신은…?!

그것도 실어내.

금방 돌아올게! …이런 일을 겪게 하다니 서장에게 단단히 항의하고 오마!

금방 돌아올 테니까!

넌 나랑 같이 호텔로 가자.

로저, 헨리!

로저!

아니야

…이건 사실이 아니야!

이디스!

251

맞다.

지금 필요한 것은…
보, 보석금이야!
나 은행에
가야겠어!

앨런.

…이디스,
기운 내.

노크했는데
대답이 없어서
그냥 들어왔어.

이디스.

흐아

…그래,
그리고 나
경찰에 갈게.

기다려!
으…음,
차라도
대접할게.

시골은
좋지.

시골로 가서…
담장 대신
장미를 심고!

그렇게 멀리 가진
않을 거야.
놀러 와줄 거지?

맞아…!
이사를 하는 거야.
그리고 다시
시작해야지…
전부 다 처음부터.

앨런?!

그러니까 같이 가자.

로저보다도 헨리보다도 널 사랑해줄게.

오빠들은 잊어버려.

앨런, 하지 마!

놓아줘!

앨런?

나랑 가자... 나랑 에드거랑...

아주 즐거울 거야.

...세상 어디든 갈 수도 있고.

영원히 살 수도 있어.

어딘가...

역시... 뒷일은 에드거에게 맡기는 편이 좋겠지. 불러올 때까지...

이디스를 숨겨두자.

잊다니... 싫어.

앨런…

이디스!!

그때 앨런이 왔었어.

…난 기억이 안 나.

앨런은?

없었는데?

타버린 집에서 발견된 건 너뿐이야.

넌 물이 흥건해서 미처 타지 않은 욕실에 있었어.

집이 타버렸어.

무슨…?

살았다. 다행이야, 다행이다. 이디스!!

로저… 헨리. …무사히 돌아왔구나.

전부 잊고
같이 가자.

로저.

왜
우는 거야?
로저.

같이
가자.

로저보다도
헨리보다도
널 사랑해줄게.

물론
좋고말고.

우리
시골에서
살면
안 될까…?

그렇게
하자꾸나.

정원에…
장미를
심고…

성이 아니라
작은 집.

누가
가르쳐줘.
두 사람이
누군지.

넌
어디로
간 거야?

앨런.

정체가
뭐야?

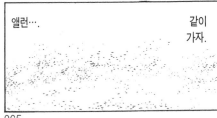

앨런…

같이
가자.

공원 뒤편에
살았어…
둘이서…

…그 아이들
멀리 가버린
걸까…?

그는
존재하지
않았을지도
모른다.

루이스나 테오,
리델이 만났던
소년은
그냥 평범한
소년이었을지도
모른다.

신비한 점은
하나도
없었을지도
몰라….

그것은
에드거가
아니었을지도
모른다.

아니야,
소년은
있었어.

난 봤어.
그의 모습,
그의 목소리.

존재했고말고…
난 알고 있어.

시간의
틈새를
달려가는 그림자.

이 저녁놀과   그것은
아주 비슷한
은색의 세계.

그가 태어난
아침마저
상상할 수
있어.

그렇다.
…난 그의 이야기를
쓸 수도 있어.

에드거.

…그렇게 나는 첫 페이지를 쓰기 시작한다.

…에드거,
너에게,
아득한 너에게
그리고 포의 일족에게
바친다… 고.

감기 걸렸으니까!

아앙, 엄마!

나가면 안 돼, 체리.

좋아, 조니 워커.

체리, 같이 놀자!

정말?!

감기가 빨리 낫도록 우리 집 장미가 피면 가지고 올게.

체리.

따분해! 심심해!

너무나 행복한 **모토** 번외편

조니 워커의 장미 이야기

먹을 거다!

어라?

화 — 악

콩콩콩

정말?!

먹을 것 냄새가 난다!

유다다

활짝 피면 먹을 수 있어.

이 꽃 먹을 수 있어?

앗!

아직 봉오리구나.

콩콩콩

야 — 인

빨리 피면 좋겠다.

돌려줘. 체리에게 선물할 장미란 말이야!

정성껏 기른 장미인데….

이미 뺏긴 물건은 할 수 없지. 그냥 포기해.

체리하고 약속했는데….

나도 배고파.

달걀 프라이.

체리에게는 다른 장미를 선물하면 되잖아.

흡혈귀도 배가 고플 거야.

와아, 예뻐라!

앙

잘 먹겠습니다!!

으음, 향기 좋다.

장미가 참
아름답네.

선물이라면서
줬어!

맞아.

이… 이 꽃을
검은 망토를 두른
아이가 주었다고?

내,
내 장미!

그 녀석
예쁜 여자애에게는
약했구나.

그런데
고픈 배를 안고
어디로 갔을까?

가엾게도.

고마워!

누구든 이런 아이를 보시면
붉은 장미를 선물해주세요….

「너무나 행복한 토모」 번외편

PO NO ICHIZOKU [BUNKO] 3

by Moto HAGIO

© 1998 Moto HAGIO
All rights reserved.
Original Japanese edition published by SHOGAKUKAN.

Korean translation rights arranged with SHOGAKUKAN
through Shinwon Agency.

포의 일족 3

1판 1쇄 찍음 2014년 5월 20일
1판 1쇄 펴냄 2014년 5월 31일

지은이 하기오 모토
옮긴이 정은서
펴낸이 박상준
펴낸곳 세미콜론

출판등록 1997. 3. 24 (제16-1444호)
135-887 서울시 강남구 도산대로1길 62
대표전화 02-515-2000   팩시밀리 02-515-2007
편집부   02-517-4263   팩시밀리 02-514-2329

한국어판 ⓒ ㈜사이언스북스, 2014. Printed in Seoul, Korea
ISBN 978-89-8371-475-6 07830
      978-89-8371-472-5 전3권

세미콜론은 이미지 시대를 열어가는 ㈜사이언스북스의 브랜드입니다.

www.semicolon.co.kr